Du même auteur, à la courte échelle

Collection Premier Roman

Série Babouche:
Ne touchez pas à ma Babouche
Babouche est jalouse
Sauvez ma Babouche!
Ma Babouche pour toujours

Gilles Gauthier

Marcus la Puce à l'école

Illustrations
de Pierre-André Derome

la courte échelle
Les éditions la courte échelle inc.

Les éditions la courte échelle inc.
5243, boul. Saint-Laurent
Montréal (Québec) H2T 1S4

Conception graphique:
Derome design inc.

Révision des textes:
Odette Lord

Dépôt légal, 1er trimestre 1991
Bibliothèque nationale du Québec

Données de catalogage avant publication (Canada)

Gauthier, Gilles, 1943-

    Marcus la Puce à l'école

    (Premier Roman; PR 18)
    Pour enfants à partir de 7 ans.

    ISBN: 2-89021-145-2

    I. Derome, Pierre-André, 1952- II. Titre. III. Collection.

PS8563.A858M3 1990   jC843'.54   C90-096494-4
PS9563.A858M8 1990
PA23.G38Ma 1990

1
Henriette est violette

Henriette vient de remettre les notes de la dernière dictée. Marcus a eu 36 fautes. Ça ne sera pas long qu'il va faire 36 folies.

Qu'est-ce que je vous disais! Maintenant, il imite Henriette. Il a mis les grandes dents en plastique qu'il traîne toujours dans ses poches. Il ne faudrait pas qu'Henriette l'aperçoive.

Henriette a entendu des petits rires. Elle s'est retournée à toute vitesse. Marcus a juste eu le temps de cracher ses dents dans sa main.

Mais le spectacle est loin d'être fini. Ça, je peux vous le garantir. Avec la note qu'il vient d'avoir, Marcus n'est pas à la veille de s'arrêter.

C'est bien ce que je pensais! Les grosses lunettes maintenant.

Marcus a d'énormes lunettes qui ressemblent à celles d'Henriette. Je ne sais pas où il va chercher toutes ses bebelles. Chaque fois qu'Henriette lui en enlève une, il en trouve deux nouvelles.

Les dents et les lunettes à présent. Il fallait s'y attendre!

Ah non! Henriette s'est retournée. Marcus ne l'a pas vue. Il faut que je l'avertisse.

— Marcus... Marcus...

Marcus est fou comme un

balai. Il fait des grimaces à tout le monde. Il ne m'entend pas.

— Marcus... HENRIETTE!

Henriette est muette. Et violette. Elle a les yeux comme deux fusils.

Marcus ne voit rien. Il est complètement parti.

Le spectacle est fini, les amis!

2
Une Puce qui fait peur?

Ça doit bien faire une demi-heure que Marcus s'est fait sortir de la classe. Il a failli avaler ses dents en plastique quand Henriette l'a attrapé. Il n'a pas eu à chercher la porte longtemps.

Il faut dire que Marcus n'est pas difficile à *déplacer*. Ce n'est pas pour rien que tout le monde l'appelle Marcus la Puce. À dix ans, il a encore l'air d'un petit de maternelle.

Quand Henriette l'a soulevé de sa chaise, je pensais qu'il toucherait le plafond.

Il doit être rendu dans le

bureau de Colombe maintenant. Colombe, c'est l'orthopédagogue de l'école. C'est toujours là qu'il atterrit lorsqu'il fait ses folies.

Roger, le directeur, ne sait pas quoi faire avec Marcus. Il a déjà essayé de l'envoyer dans une autre école, mais personne n'en veut, on dirait. Colombe est obligée de s'en occuper.

C'est justement elle qui est à la porte de la classe. Elle vient de frapper. Henriette s'en va ouvrir.

J'avais raison. Marcus est là, à côté de Colombe. Il a la tête basse et regarde par terre.

Henriette parle fort. Elle bouge les bras dans tous les sens. Colombe essaie de la calmer.

Henriette vient de se taire. Colombe a fait signe à Marcus de rentrer. Il n'a même pas levé les yeux.

Marcus marche lentement. C'est bizarre. Il y a sûrement

quelque chose qui ne va pas.

Henriette a fermé la porte. Tous les murs ont tremblé. Je pense qu'elle n'est pas contente.

Ça ne semble pas faire trop, trop son affaire que Marcus soit revenu en classe aussi vite. Elle pensait avoir la paix un peu plus longtemps. Marcus a avantage à se faire oublier.

Il est rendu à sa place. Il n'est pas comme d'habitude. Il a l'air triste. Il faut que je sache ce qui s'est passé.

— Marcus... Marcus...

Il ne veut même pas me regarder.

— Marcus... Réponds-moi... C'est Jenny.

Il vient de se retourner.

— Qu'est-ce qu'il y a, Marcus? Qu'est-ce qui ne va pas?

Il ne dit rien. Il a mis ses mains devant ses yeux. Pour moi, il va pleurer.

Ah non! Non! Ce n'est pas vrai!

Il a mis ses yeux rouges de vampire et il fixe Henriette.

Henriette va le tuer si elle le voit avec ça!

3
Les astuces de la Puce

Même s'il a doublé une année, Marcus est encore tout perdu dans les mots et les chiffres. Zéro en maths, sous zéro en français. Il ne sera jamais parmi les chouchous d'Henriette.

C'est pour ça qu'il n'arrête pas de la faire enrager.

Pourtant Marcus est loin d'être fou. Je suis certaine qu'il est aussi intelligent que les meilleurs de la classe. Je pense même qu'il est plus vite qu'eux sur ses patins.

En sciences de la nature, on travaille toujours ensemble,

Marcus et moi. Et c'est presque toujours lui qui a les meilleures idées.

On s'occupe de Mordicus, le cochon d'Inde de l'école. C'est un cochon d'Inde du Pérou. Il ressemble à une grosse vadrouille échevelée.

Une vadrouille qui a tout le temps faim et qui mord tout ce qui lui passe au bout du nez. C'est pour ça qu'on l'a appelé Mordicus.

Marcus et moi, on est chargés de le nourrir, de le brosser, de lui faire faire ses exercices. Et pour tout ça, Marcus est champion.

Pour brosser Mordicus, il est arrivé avec une brosse assez originale. La brosse à dents que l'hygiéniste dentaire lui avait donnée quand elle a visité l'école!

Vu qu'un cochon ne se brosse pas les dents souvent, Marcus a pensé que ça serait parfait pour peigner Mordicus.

Et ça marche! Ça fait une brosse à cochon extraordinaire.

Pour nourrir Mordicus, pas de problème! Marcus a toujours une pomme, une poire, un concombre, une carotte.

Je ne sais pas où il prend tout ça... Mais ce que je sais, c'est que le cochon est très content de son menu.

Je commence même à penser qu'il est un peu trop content. Il me semble que la vadrouille élargit de façon inquiétante de jour en jour.

Le cochon a de plus en plus de difficulté à faire ses exercices. Il s'accroche partout pendant sa course à obstacles. Il a du mal à escalader la moindre petite butte.

Marcus s'obstine à dire que c'est moi qui suis malade, que le cochon est en grande forme.

Mais je suis certaine que ce n'est pas ça.

Je pense même que Marcus fait exprès de fausser les résultats quand on pèse Mordicus. Parce que ça aussi, c'est une des choses qu'on a à faire en sciences.

Tout à l'heure, j'ai vu que Marcus retenait le plateau de la balance avec son doigt. Pour que le cochon soit moins pesant.

Marcus est un peu tricheur sur les bords, mais il est loin d'être fou. Je ne sais vraiment pas pourquoi il ne réussit pas mieux que ça en classe.

Peut-être qu'il trouve plus amusant de faire enrager Henriette!

4
Les carottes à crédit

Il y a eu de l'action à l'école aujourd'hui. Pour Marcus la Puce surtout.

Imaginez-vous que j'ai finalement su où il allait chercher les fruits et légumes qu'il apportait à Mordicus. Je l'ai appris en même temps que toute l'école.

Ce midi, Marcus arrive en courant comme un fou. Il entre dans l'école à toute vitesse et il va se cacher dans les toilettes.

Deux minutes plus tard, c'est le commis de l'épicerie du coin qui arrive à toute allure. Henriette surveillait les élèves dans la cour.

Essoufflé, le commis demande à Henriette si elle a vu passer un petit garçon avec les cheveux raides et un chandail des Canadiens.

Henriette n'hésite pas une seconde, elle qui n'aime pas trop, trop Marcus.

Elle conduit le commis dans l'école, et ils repèrent Marcus facilement. Il y avait déjà une douzaine d'enfants devant la porte de sa cachette.

Marcus sort, la tête haute. Quand le commis lui demande les carottes qu'il vient de voler à l'épicerie, Marcus répond, sûr de lui:

— Je n'ai pas volé de carottes.

Malheureusement, les carottes

étaient restées coincées, et l'eau débordait partout.

Roger est arrivé juste à ce moment-là. Il a emmené Marcus et le commis dans son bureau.

Marcus a essayé d'expliquer qu'il n'avait rien «volé» à l'épicerie. Ce qu'il avait fait, c'étaient des «achats à crédit». Comme sa mère fait toujours.

— Je vais payer tout ça plus tard, a dit Marcus au directeur.

Le directeur ne l'a pas cru. Le commis non plus. Mais Roger a quand même été gentil.

Après s'être arrangé avec le commis, il a gardé Marcus dans son bureau. Et il lui a fait un long discours.

Tout ce que Marcus a retenu, c'est que le directeur lui avait promis de ne pas parler de l'affaire à ses parents.

Le gérant de l'épicerie, par contre, n'avait rien promis. Il a téléphoné au père de Marcus, et Marcus a reçu une bonne volée.

Marcus dit qu'il ne ressemble pas beaucoup à son père. Son père a toute une paire de bras.

C'est curieux, mais Marcus n'a pas l'air de trop s'en faire avec cette histoire-là. Il trouve même qu'il s'en est bien tiré, finalement.

Roger accepte qu'il continue à s'occuper de Mordicus avec moi. La vadrouille va peut-être rapetisser un peu dans les mois qui viennent, mais ça ne lui fera pas de tort.

Mordicus avait de plus en plus de mal à entrer dans sa petite maison au fond de sa cage.

Quant à Marcus, il semble soulagé. Il m'a avoué que ça le rendait nerveux d'avoir toujours à nourrir le cochon à crédit.

— Je ne te mens pas, Jenny.

Je faisais des cauchemars la nuit. Je voyais des carottes et des concombres géants qui me poursuivaient.

Il arrive que Marcus en invente un petit peu.

5
Au voleur!

Les carottes poursuivent Marcus pour de vrai. Depuis l'affaire de l'épicerie, il y a plein de monde qui le traite de voleur à l'école. Les grands surtout n'arrêtent pas de l'agacer.

— Hé, Marcus! Pourrais-tu aller me piquer une couple de carottes à l'épicerie? J'ai une faim de cochon ce matin.

— Hé, la Puce! Il ne te resterait pas un petit concombre dans ta poche? Il me semble que j'en vois un qui dépasse.

Marcus fait comme si ça ne le dérangeait pas, mais ce n'est

pas vrai. Il ne veut surtout pas montrer aux grands que ça lui fait mal.

Et croyez-moi, je sais ce que je dis.

Hier, il m'en a parlé après la classe. Pendant qu'on s'occupait de Mordicus. C'était la première fois que Marcus me disait des choses comme ça.

— Ils pensent qu'ils vont s'en tirer de même, ces grands niaiseux-là, mais ils se trompent. Ce n'est pas parce que je suis petit que je vais me laisser faire.

— Oublie ça, Marcus. Tu vois bien qu'ils font exprès. Ils veulent te faire fâcher. Il ne faut pas t'en occuper.

— J'avais déjà assez de problèmes avec mon père et

Henriette sans que les grands de l'école s'en mêlent...

— Laisse-les parler tout seuls. Ils vont finir par trouver le temps long et ils vont s'arrêter.

— Pour le moment, c'est moi qui trouve le temps long.

— Ça va s'arranger, tu vas voir.

— Comment tu veux que ça s'arrange? Je ne grandirai pas en une nuit, tu sais! Je suis trop petit pour me défendre et en plus, je collectionne les zéros... Des fois, je me demande pourquoi je suis venu au monde, moi...

Marcus s'est arrêté de parler. Il avait un drôle d'air. Comme un mélange de colère et de tristesse.

Il a pris Mordicus qui s'impatientait depuis un bon moment et il l'a appuyé doucement sur sa joue. Puis il s'est retourné pour que je ne voie pas sa figure.

Je ne suis pas sûre, mais je pense qu'il essuyait des larmes avec le cochon.

J'aurais voulu lui dire quelque chose, le consoler, mais je ne savais pas comment. J'étais mal à l'aise.

J'ai pensé m'approcher, mais je n'ai pas osé.

Marcus n'est pas du genre à aimer ça qu'une fille le voie pleurer.

6
Au secours!

Aujourd'hui, les grands sont allés trop loin. Ça s'est passé en fin de journée, quand tout le monde quittait l'école.

Marcus et moi, on se dirigeait vers la classe de Mordicus lorsqu'on a entendu des cris bizarres. De vrais cris de mort.

Marcus est devenu tout pâle et est parti comme une flèche. Je l'ai suivi aussi vite que j'ai pu.

Dès qu'on est entrés, on a vu Mordicus qui hurlait.

Quelqu'un l'avait mis dans la cage des trois hamsters, et

Mordicus était mort de peur. Prisonnier dans un coin, il avait les yeux fous.

Marcus l'a sorti de la cage à toute vitesse et l'a serré contre lui. Il tenait Mordicus comme un bébé et le berçait pour essayer de le calmer.

En le voyant avec Mordicus dans les bras, j'ai eu l'impression que Marcus était grand tout à coup.

Quand le cochon a été calmé, Marcus s'est tourné vers moi. Il avait l'air enragé.

Tout en caressant doucement Mordicus, il a répété, les dents serrées:

— Ils vont me payer ça. Ils vont me payer ça.

Puis Marcus est sorti de la classe avec Mordicus. Il a dit que c'était trop dangereux de le laisser à l'école. Il voulait l'emmener chez lui pour la nuit.

— Mais non, Marcus! Tu sais bien que ton père ne veut pas de cochon d'Inde à la maison. Surtout après l'affaire des carottes. Il serait mieux chez moi.

Marcus ne m'écoutait pas.

Heureusement qu'Antoine était dans l'école. Il avait entendu les cris et était venu voir ce qui se passait.

Antoine, c'est le concierge. Il connaît bien Marcus. Ils se retrouvent souvent dans les corridors tous les deux.

Antoine a réussi à rassurer Marcus. Il l'a persuadé de laisser Mordicus à l'école.

— Tu peux aller dormir tranquille, mon bonhomme. À partir de maintenant, le garde du corps de ce cochon-là, ça va être moi. Et je peux te garantir qu'il va avoir la paix!

Marcus a souri. Je comprends pourquoi.

Antoine a l'air très doux, mais il ressemble à un lutteur. Du

genre géant Ferré, si vous voyez ce que je veux dire.

Je ne connais personne à l'école qui lève le ton devant Antoine. Tout le monde lève les yeux.

Et tout le monde est poli avec Antoine.

Très, très poli...

7
Le cochon
chante l'opéra

Antoine a mené sa petite enquête et a vite découvert qui avait fait le coup. C'est Steve, le plus grand de l'école.

Face à Antoine, le grand Steve est devenu pas mal moins grand. Et je pense qu'il a eu sa leçon pour un bon bout de temps.

Antoine l'a engagé comme aide-concierge. Roger, le directeur, est d'accord.

D'ici Noël, c'est Steve qui nettoie les cages des animaux. Et c'est Antoine qui vérifie si c'est bien fait!

Antoine a aussi averti Steve

et ses amis qu'il ne voulait plus les voir agacer Marcus.

Depuis qu'Antoine a pris les choses en main, tout va beaucoup mieux. Et Marcus est presque devenu sage.

Ça va faire une semaine demain qu'il ne s'est pas fait sortir de la classe par Henriette. Et en maths, il est un peu meilleur qu'il n'était.

À l'examen d'hier, il a décroché un beau 11 sur 20. Ce n'est pas encore assez, je le sais, mais c'est déjà mieux qu'avant.

En français, par contre, ça s'annonce moins bien.

J'ai eu le temps de jeter un petit coup d'oeil sur sa dernière dictée d'hier avant qu'il la remette à Henriette. En trois lignes, j'avais déjà compté 9 fautes.

Mais sait-on jamais! Peut-être que Marcus se réchauffait au début?

En tout cas, Marcus est en classe, et c'est déjà un progrès.

Mordicus, lui, est super content. Il n'arrête pas de glouglouter. Il n'a jamais eu une cage aussi propre que depuis que Steve fait son ménage.

Marcus m'a même conté que

l'autre après-midi, il a entendu le cochon chanter.

— Je te le jure, Jenny! Il roucoulait. Exactement comme les tourterelles.

Je ne sais pas si c'est parce qu'il est petit, mais on dirait que Marcus aime ça exagérer.

Ça ne me surprendrait pas que demain, il m'annonce que le cochon chante l'opéra.

Dans la langue du Pérou, évidemment...

8
Henriette
n'a plus de lunettes

Pour une fois que ça allait bien pour Marcus, il a fallu qu'Henriette vienne tout gâcher.

Elle a décidé de changer Marcus de place en classe. Elle ne veut plus qu'il soit assis près de moi. Elle dit que si mes notes ont baissé, c'est à cause de Marcus.

Marcus est assis au premier rang maintenant. Il passe son temps à se retourner pour me voir. Et Henriette, elle, passe son temps à l'avertir.

Elle vient encore de tourner la tête de Marcus. Il s'est démené un peu. Je sens qu'il commence à s'énerver.

Bon! Qu'est-ce qui arrive maintenant? Henriette cherche quelque chose sur son bureau. Elle s'est approchée de Marcus.

— Où est-ce que tu les as mises, cette fois?

Marcus n'a pas l'air de comprendre.

— Où est-ce que j'ai mis quoi?

— C'est assez, Marcus. Tu ne recommenceras pas ce petit jeu-là avec moi. Rends-moi mes lunettes tout de suite.

— Je ne les ai pas vues, vos lunettes.

La figure d'Henriette a changé. Elle n'a pas le goût de rire.

— Je le sais que c'est toi. C'est toujours toi, de toute façon.

Donne-moi mes lunettes.

Il y a quelques semaines, Marcus a mis les lunettes d'Henriette sur la face de squelette qu'on a dans la classe. Tout le monde a bien ri. Sauf Henriette, évidemment.

Mais là, Marcus ferait mieux de sortir les lunettes, s'il les a.

— Je ne les ai pas, vos lunettes. Je ne peux pas vous les donner.

Henriette a pris Marcus par le bras. Elle a ouvert son pupitre et elle fouille dans ses livres.

— J'en ai assez, Marcus, as-tu compris? J'en ai assez de toi et de tes folies. Ce n'est pas parce que tu as des problèmes que je suis obligée de tout endurer.

Marcus s'est libéré de la main d'Henriette. Il s'est sauvé en avant de la classe. Il est enragé.

Pour moi, c'est vrai que ce n'est pas lui qui a pris les lunettes.

— Je t'ai dit que je ne les avais pas, tes lunettes. Tu ne comprends rien? Je ne suis pas aveugle, moi! Je n'en ai pas besoin de tes maudites grosses lunettes!

Henriette a essayé d'attraper Marcus, mais il est sorti dans le corridor en courant. Henriette l'a suivi.

Aujourd'hui, je pense que ça va mal finir!

9
Ma Puce à moi

Marcus ne reviendra pas à l'école avant trois jours. Pas à cause des lunettes. Henriette les a retrouvées en dessous d'une pile de feuilles sur son bureau. Il est puni à cause de ce qu'il a dit.

Mais ce n'est pas ça qui est le pire.

Le pire, c'est qu'Henriette ne veut plus de Marcus. Il est question qu'il s'en aille dans la classe de Johanne quand il va revenir.

Je pense juste à ça depuis deux jours. Je n'arrive pas à me

mettre dans la tête que Marcus ne sera plus dans ma classe.

Il serait probablement mieux sans Henriette, mais moi...

Ça ne me fait rien, moi, si tout le monde pense que Marcus est un menteur, un voleur. Je m'en fous.

Je le sais que Marcus n'est pas méchant. Je le sens.

Il n'est pas bien à l'école. Il ne sait pas comment s'en sortir. C'est pour ça qu'il fait autant de folies.

Henriette ne comprendra jamais rien.

Ça ne me dérange pas une miette, moi, d'avoir 70 % au lieu de 90 %. J'aime mieux avoir de moins bonnes notes et rester l'amie de Marcus.

Quand Marcus est à l'école, et que je le vois heureux avec moi, c'est comme si j'avais 100 % dans tout.

10
Loin des yeux,
près du coeur

C'est fait. Marcus est rendu dans la classe de Johanne. Et pourtant, je n'ai pas trop de peine.

Marcus est bien dans sa nouvelle classe. Il dit qu'il se sent plus intelligent avec Johanne. Elle n'a rien à voir avec Henriette.

Johanne ne passe pas son temps à mettre des notes toutes les cinq minutes. Elle s'occupe beaucoup de Marcus. Il l'aime énormément.

Johanne est petite en plus. Peut-être que ça aide, ça aussi?

C'est sûr qu'il y a des jours où moi, je m'ennuie dans ma classe. Il y a des jours où je trouve que ça manque de vie sans Marcus.

Et Henriette me tombe de plus en plus sur les nerfs.

Mais ça ne fait rien. Quand je me sens comme ça, je pense à la fin de l'après-midi, et ça va mieux.

Parce que moi et Marcus, on continue de s'occuper de Mordicus après la classe. On en profite pour se raconter nos journées.

Des fois, je trouve que c'est encore mieux que quand on était tous les deux dans la même classe. On en a plus long à se raconter.

Marcus me décrit toutes les nouvelles choses qu'il fait avec Johanne. Moi, je lui parle des affaires plates qu'on fait tout le temps avec Henriette.

Je commence à me demander si je ne devrais pas me faire jeter dehors par Henriette, moi aussi.

Marcus ne sait pas encore s'il est réellement meilleur qu'avant en français et en maths. Mais il a l'impression que oui.

Ce qui est évident en tout cas, c'est qu'il se sent mieux à l'école. C'est écrit sur sa figure.

Surtout que là, il va avoir un rôle dans une pièce de théâtre que la classe de Johanne prépare.

Il paraît que c'est un gros rôle. Il fait un bouffon, d'après ce qu'il m'a dit. Une sorte de clown qui essaie de faire rire un roi qui est toujours triste.

Ça se passe dans l'ancien temps.

J'imagine la Puce là-dedans. Ça ne devrait pas être trop dur pour lui de jouer ce rôle-là. Il va sûrement réussir à faire rire le roi.

Il m'en a joué juste un petit
bout l'autre jour, et j'ai ri comme
une folle. Je n'étais plus capable
de m'arrêter.

Même Mordicus trouvait ça drôle.

Mais là où on a ri le plus, Marcus et moi, c'est quand on a pensé à Henriette.

Quand on a pensé à son air lorsqu'elle va voir Marcus faire ses folies sur la scène.

Henriette va rire *violette!*

Table des matières

Achevé d'imprimer
sur les presses de Litho Acme Inc.
1er trimestre 1991